KB021872

바람의 눈

바람의 눈

김정조 시집

문학나무

차례

2부
아주 긴 촉각

3부
그대가 내게 달려오는 힘으로

해설 _ 이숭원(李崇源, 문학평론가 · 서울여대 명예교수)

1부
곡선으로 빚는 영롱한 빛꽃놀이

반딧불

화려한 혼인비행……

삶의 정점을
종족 보존을 위해
냉가슴앓이, 찬 빛을 태우는

개똥밭에나 구르던 하찮은 몸짓이
애벌레를 깨고 나오면
맑디맑은 이슬로 목을 축이는 준비

생애, 최고의 꿈을 꾸며
곡선으로 빚는 영롱한 빛꽃놀이

바느질

상처를 꿰맨다
아파서 해지고 구멍 난 것들
모두 가져다 상처를 메꾼다

늦은 밤
불면을 바느질하던 어머니도
숱한 상처를 다독이고 기웠으리라

가난과 상처를 달래던 바늘과 실
어머니의 한 땀 한 땀으로 치유되던 날들

딸아, 한 땀이라도 정성을 기울이렴

미황사 달마고도

달마가 바위에 앉아 햇볕 쪼였을
달마고도를 따라 걷습니다

오래전 제 몸을 이탈한 마음 하나
미황사 바위 능선에 머물고 있어
잘 있는지 만나러 왔습니다

달마산에 올라 바다를 보며
아픈 무기력에 누워봅니다
길 잃은 아이처럼 헤매기도 합니다

땅끝마을까지 와서
최선을 다하며 살았냐고
제 자신에게 물어봅니다

나비들의 춤

언제, 이 황홀한 나비들의 춤을 다시 볼 수 있을까
따뜻한 남도의 숲
팔손이나무 하얀 꽃들을 피웠다
연노랑빛 날개 큰 나비들의 떼지은 날갯짓
혼인색을 띄운 나무의 꽃들
이렇게 많은 나비들의 춤을 보았는가
나비들, 이렇게 춤을 추고 놀았구나
날개에 희열을 털어내고 있는지
꽃들의 탄성이다
미세한 떨림이 천년의 세월로 흐르는 듯
회색빛 우울함도
나비의 날개처럼 파닥거릴
살아서 좋은 날!

방랑

바람의 눈을 따라 걷습니다
방랑이 시의 魂인 듯

걸어도 걸어도
늘 제자리로 돌아오는……

목포에서 배를 탑니다
섬들을 헤치고 나가
추자도 파도 높이 만큼
충만한 노을
제 몸이 아주 작아졌습니다

큰 배를 탔는데,
땀 흘리며 노를 젓는
제가 보입니다

순명順命

공양주보살 하기를 좋아하셨던, 각산댁 울 할매는
사람이 죄를 조금 지으면 죽어서 새가 된다고 했다
오래전에 당신은 꿈을 이루어 하늘을 날았을 것이
다

새처럼 날아가는 꿈을 꾼다
허공을 가르며 날아가는 하늘길
떨어지는 꽃잎을 세는 일

모이주머니가 작아 늘 바쁘게
먹잇감을 구해야 하는 작은 새
시를 먹고 사는 초라한 시인도
시모이를 구해 시주머니에 담으려
새벽길을 나선다

새는 훨훨 날아 주름도 없이 늙는다

데스벨리 소금사막*

무엇을 그리워했는지
무엇을 찾아 헤맸는지
설산처럼, 눈이 살풋 쌓인 것 같은
소금밭을 보며 달렸다

바다가 말라 소금밭이 된 곳
소금은 눈꽃처럼 빛이 난다
빛과 소금만 있다면……

빛나는 척박함을 처음 만난 날
익숙하다, 불시착한 때가 있다
손톱에 피 맺히도록 소금 바닥을 긁으며
빠져나온 적 있다

피곤에 지쳐 이곳을 만드신
하나님

짠물을 마시고 싱겁게 살라는
말씀이 있다

*미국 서부 사막, 여름에는 기온이 50도까지 오른다 함

빈집

가문의 내력이 닫혀버린 소문
비 오는 날 툇마루
작은 정원에는 안개비가 떠다닌다
적산가옥에 이사 들어오던 날부터
제 나라로 가지 못한
젊은 여인의 죽음에 관한 소문이 떠돌았다
흩날리는 꽃잎 따라 떠나지 못하고 서성인다
손때 묻은 흔적을 따라 떠도는 모습이 보인다

내게도 빈집이 되어버린 그 집
기억 속 제일 젊은 옥양목 꽃무늬 저고리의
미소 띤 엄마
늘 바쁜 양복 입은 아버지, 교복 입은 언니 오빠
오동통 살찐 여러 남매
아버지가 제일 좋아하신 백일홍 꽃을 보며
가장 행복했던 가족이 새록새록 보인다

적멸보궁

아니라고 했으나
비워야만이 가벼운 것을
앞서간 착한 긍정이
몸속에 잔뜩 쌓인 힘을 비우라 한다

앞이 보이지 않는
욕망의 무게만큼 짓눌려
멀리 돌아온 길

무수한 썰물이 빠져나간 자리
갯벌의 절묘한 무늬만큼
선명한 진신사리

억겁으로 밀려오는 밀물이
거르고 걸러 비워진 자리

바닷가 솟대

기다림에 길게 목을 빼고
그리움의 더듬이로 떠돕니다

별빛을 따라가던 긴 불안은
목이 더욱 길어지다가
우주로 날아갑니다

바닷바람에 날려온 소금이
꽃처럼 쌓입니다

솟대 아래 꿈들은
간신히 매달려있다 떨어진

눈에 밟히는, 살가운 별빛들

바람의 눈

시베리아 하얀 달빛 쏟아지는 자작나무 숲
은빛 나뭇결을 닮은 바람의 빛
바람은 바람을 낳아 은밀히 몸집을 키우고 있네요

밤마다 달빛을 품어 비밀을 만드는지
회오리의 눈도 보았습니다
자신의 모태가 자작나무 숲이라는 것
그들도 무수히 퍼지는 씨앗과 같은 존재라는 것

혹독한 바람 따라 달리는 벌판의 늑대
달빛을 향해 짖어대는 늑대의 삶도 바람 같아
짐승도 늘 슬픈 공복이 기다리고 있듯이
바람도 허기를 못견뎌 몸부림칩니다

바람을 만나러 왔으나 바람에 날리는 내 영혼
내 몸도 한바탕 회오리에 날아갑니다

햇살 부서지는 곳으로 씨앗처럼 날아갑니다

모하비 사막

황량함이 태초였다
바다의 양수에서 나와 모래에 안기는

모래를 걷는 길
걷는 길을 끝없이 되물었으나
여리고 먹먹한 걸음 걸음

사막의 동쪽으로 가다
풍성한 강이 흐르는 기쁨이 있다

카지노가 있는 사막 휴양도시, 라플린
콜로라도강 밤배는 흐르고
달 밝은 밤을 나풀나풀
나비처럼 물결 따라 걷듯이 날아가는 길

유다의 양심
— 니콜라이 게의 그림을 보고

은화 30냥에 예수를 밀고한 유다

낮 동안 송곳 같은 빛이 온몸을 수없이 찔러
견딜 수가 없었습니다.

저녁이 오자, 천으로 머리까지 가리고
괴로움에 죽을 곳을 찾아 헤맵니다
걸을수록 무거워지는 배반의 죄

빛을 볼 수 없어요
이제 당신 곁으로 가려 합니다

수즈달*

눈 쌓인 수즈달을 걷고 있다
작은 강과 광활한 지평선
나는 왜
혹독한 겨울에 눈의 나라로 왔을까

성당의 십자가에도 눈이 쌓이고
둘러보면 수도원과 성당뿐
살아서 천국에 온 듯한
오후 4시면 어두워지는 흑야

수도원의 종지기 사제
삶이 기도인, 노동의 몸짓으로
다리를 구르고 손을 뻗어 치는 종
영혼을 깨우는 종소리
깨어 있거라, 기도하라

온몸으로 하루를 기도한다
삶이 기도인 땅, 유배의 땅이기도 한
쫓겨난 귀족의 슬픔처럼
내 몸에도 눈이 덮힌다
중세 유적이 침묵이 된다

*러시아의 유적도시, 세계문화유산도시로 수도원 네 곳과 150곳의 성당이
있음

백야

어둠을 주세요
이제껏 한 줄기 빛을 달라고 기도했으나
제발 넘치는 빛을 멈춰주세요

창백함이 지나쳐 피가 말라요
어둠 속을 달릴게요
생명을 잉태하는 힘으로 어둠 속 터널을 지나요
어둠은 더 이상의 어둠이 아니죠

아침부터 동쪽에서 따라온 빛이 쏟아져
해가 지질 않으니
거리 주점에서 흑맥주를 마셨죠
밤 10시가 지나서도 노을이 남았어요
서서히 찾아오는 어둠에 예를 갖춥니다

모스크바 6월의 하지

짧은 어둠이 지나고
새벽 3시 커튼을 뚫고 터져나오는 빛
거침없이 쏘아대는 빛의 반사, 빛의 투영

빛을 바라보다가 저절로 고개 숙여
무릎 꿇고 기도합니다
어둠을 주세요

백령도 사곶 은모래

파란 바다 해무, 햇빛 스며들어
안개를 뚫고 쏟아지는 빛

무한정 물속에서 떠다니는 생명이
늘 상륙을 꿈꾸던 은모래
포근하고 넉넉한 품

여뀌 달맞이꽃 해당화 쑥 질경이
언니 같은 꽃과 풀의 반가움

서툴고 감미롭게 밀려오는 유혹의 파도
차갑고 정교하게 밀려가는 꿈들
모두 은밀한 은빛이다

오징어

울다, 엎드려 또 울다 잠이 든다

오징어 마른포를 구워 아작아작 씹는다

순순히 나타나지 않는다
쏜살같이 헤엄쳐 달아난
싱싱한 오징어처럼
날렵함이 먼 바다 물 좋은 곳에서 논다

거푸 마신 소주에
코로도 눈물이 난다

코피를 쏟는다

괭이눈꽃

별꽃 양지꽃 괭이눈꽃 피는 봄 숲을 찾은 날
열 평 토지공사 임대아파트 당첨되던 날
꽃잎 두 장씩 네 장, 서로 마주 보는 사각 꽃집
숲속 정교하게 지어진 가족 황금빌라 여러 채

희망이라는 청약저축 붓다 깨고 다시 붓던 날들
괭이눈꽃 같은 집으로 아슴히 이사하는 날
괭이눈 졸리는 듯, 노란 꽃물 방울방울로 지은 집

얼레지꽃

꽃잎을 뒤로 젖힌 채 묘기를 부린다

이렇게 사는 거래
재주가 몸으로 하는 서커스여서
몸을 꼬고 또 꼬는 모습

꽃 좀 볼 줄 아는 사람들이
활짝 핀 모습에
바람난 여인을 닮았다 하지만

씨방이 도드라지게 터져
새순이 오손도손 자랄 모습에

얼레지얼레지 노래 부르며
몸을 조각조각 태우고 있지

평행선

끝내 만날 수가 없다

곧게 뻗은 두 줄
멀리 헤어지지도 못한 채
아집과 집착 사이에
건너지 못할 깊은 강이 흐른다

같은 곳을 바라보았다
가난함에 덧씌운 초라함처럼
협곡에 사나운 바람 불고

가난은 맞은편을 바라보며
서로 초라해서 싫다고 한다

2부

아주 긴 촉각

여름 한낮 적막이 붉다

냇가 둑에 지천으로 흐드러진 쑥부쟁이
사마귀가 소리 없이 초록을 더듬어 지나간다
낌새를 알아챈 하루살이 여치 모두 몸을 숨긴다
사마귀의 이글대는 겹눈에 오금이 저린다
앞발의 갈퀴하며 교미 후엔 수컷의 머리부터 아작
내고
씹는 내력이 번식을 위한 영양보충이란다
여린 쑥부쟁이 무리, 이따금 지나는 바람에
목숨은 그렇게 이어가는 거라며 나직이 일렁인다

만남 1

벚꽃 몽우리 몽실거리며 꽃잎을 터트릴 때
어머니 산소 곁 풋풋한 개나리도 노랗게 피었다

동해 바닷길을 따라 오른다
길커피 한잔 뽑아 들고
파도와 갈매기 내려앉는 해변

젖은 마음을 파도에 흠뻑 씻으러 간다

쓰레기 봉지를 뜯던 길고양이와 마주친다

내 슬픔을 말갛게 들여다보는 길고양이
나비야!
잠시 귀를 쫑긋거린다

우리의 인연은 많은 길에서 잠시 스쳤을 뿐

다시 만날 수 없고
나는 길고양이처럼 떠돌며
엄마 엄마 불러본다

만남 2

가위손이 만난
여인은 아주 긴 촉각을 지녔습니다
가녀린 몸에 창백한 피부
허리 아래로 내려오는 떨리는 머리결
끝에 달린 날카로운 시신경의 집합

머리카락 끝이 갈라져 조금씩 가위로 날려야 합니
다
그녀의 신경줄이 팽팽하다
많이 자르면 안 됩니다

앞이 보이지 않는 그녀의 감은 눈이 파르르 떨린다
마지막 방어벽의 끝쯤 되는 걸까
가위손은 머리카락의 기세에 잠시 움찔한다
머리카락 끝의 촉각으로 더듬거리며 살아온 것일
까

〈

길 위의 촉각은
그녀의 지나온 길과
가야 할 길을
같이 더듬어 본다

아버지

소주 한 잔 하시면 늘 전쟁 이야기를 하셨다
세 살, 다섯 살 어린 언니 오빠 미숫가루 한 봉지씩
허리띠에 묶어주며 혹시
'엄마 아빠 손 놓치고, 배 고프믄 묵어라'
피난길, 초롱한 눈망울에 머문 뼈아픈 기억이 늘
제자리를
맴돌았나 보다

의용군으로 끌려가 기적적으로 살아난 이야기……
그때는 지루하기만 하던 이야기가
잠 안 오는 밤이면 또 듣고 싶어진다

보리수 그늘

성문 앞 우물 곁에 서있는 보리수
비엔나 슈베르트 묘지에 와서 허밍으로 부릅니다
춥고 병든 서른한 살의 겨울 나그네가
음악으로 성자가 되셨네요
아베 마리아를 부르며 기도합니다

그늘이 보이지 않아 그늘 밑에 가지 못한
짧은 시간이 흘렀으나 먼 길을 걸어온

노래는 오래도록 평온합니다

쳇바퀴 돌다 주저앉은 자리가
스스로 그늘이 되었습니다

숯 굽는 아비

엽돈재* 넘어 숯 굽는 마을

하얗게 피어오르는 숯가마의 연기
참나무 장작이 활활 타오르고
비로소 숯이 되는 시간, 때를 맞춰야 한다

아비의 땀방울이 흐르는 밥벌이의 뜨거움
자식을 위한 마음은 불로 얼마나 구워야
숯이 될까?

아이들에겐 거름 같은 아비다

*경기 충북 충남 경계선, 산적이 통행세를 받았다는 고개

흑백사진

오래되어 웃는 모습조차 빛이 바랬다
공원의 초록 위로 어둠이 내려올 때
숨이 멎을 듯하던 내 안의 어둠

어둠과 어둠의 만남이
잠깐의 쉼표와 함께 멈춰버린 시간

눈을 뜨면 걸어야 하고
푸르름이 짙어 혼란스러웠던 길
젊음에 걸쳤던 낡고 바랜 옷이
해맑아 보이는데

그는 차가운 별빛 부스러기를 즐기려
목을 길게 빼고 사진 속에서 튀어나와
해시시 웃고 있다

들판의 푸른

주름이 패이는 곳마다 보이는 그늘
초로初老에 발 딛는 들판의 가객歌客

그는 굿거리 소리를 즐겨 부른다
가까운 사람과의 이별

아직도 멀리 보내주지 못하는지
휑한 바람과 같이 흔들린다

그가 품은 푸른빛이
들판의 바람과 한바탕 뒹구는 굿판

가난한 사람들

중학교 입학, 도서관에서
도스토예프스키의 『가난한 사람들』을
읽고 또 읽었다
나처럼 가난한 사람을 위한 책 같아서
담담하고 순한 느낌의 위로를 받는다

러시아 문학관을 방문 후 버스에 오르자
눈물이 주르르 흐른다

낯선 사람 낯선 땅 감옥살이
작가의 춥고 기나긴 고난
삶이 아프다

무의식중 나의 연민과 겹쳐져
무심하려, 아무 일 없듯이
급하게 창밖을 본다

붉은 아카시아꽃

너무 붉어
탐스러운 꽃잎들이 함께하던 입맞춤

초록이 웅성거리던 숲에서
소리없이 멋적게 웃고 있다

전혀 그럴 줄 몰랐다거나
당연히 그럴 줄 알았다거나

숙맥 같던 열아홉 살
붉은 잎들

꽃뫼

뭇자리 물이 가득
모내기철이 다가오고
개구리 울음소리 들린다

봄비가 장마처럼 내리더니
바람이 차다

왕벚꽃 와르르 떨어져
열병식처럼 줄지어
쌓이고 또 쌓인다

눈 못 감고 꽃뫼 되어
차마 시들지도 못합니다
이대로 흙이 되나요
흑……

차마고도

운남성 절벽 길이다
말 등에 차를 싣고 서쪽으로 서쪽으로
실어 날라야만 하는

그저 묵묵히 걸어야 하는
삶을 지고 걷는 일이다
외길로 가고 오는 험준한 협곡
절벽은 절벽끼리 가슴 졸이고 바라보며
서로 믿고 의지한다

뒤따르는 무리가 있으니
떠밀려 오르는 일에 선택이 있을 수 없다
설산을 바라보며 고단함을 잊는다
설산의 신성함이 흡수되어
영혼을 씻어내는

기도로 걷는 길

사천성, 촉나라 이백

간혹 나타나는 불야성을 지나
밤 비행기를 타고 대륙의 서쪽으로 날아간다
안개가 자주 끼는 곳
시인의 고향
시인은 몽롱한 안개가 답답해
시 한 수로 안개를 두드리고 깨운다
구채구 계곡의 푸른 물들이
모두 안개로 몰려와
시가 되었는지

시인은 안개를 또 흔들어 깨운다
맑은 햇빛이 보고픈 땅

이백은 장강에 배를 띄우고
술을 마시며 달을 기다린다
항아의 포근한 품 같은

물속 달그림자를 두 손을 뻗어
가만히 안아 본다

아드리아해

해안이 길어 축복 받은 발칸 반도
990개의 섬들이 겹겹이 있어
파도가 없는 해변
거친 파도를 잠 재우는 섬들
크로아티아
약소민족인 우리와 닮았다
깨지고 깨진 모습이 뾰족한 짱돌이다
짱돌 산에 짱돌 해변이다
보라 바람은 강력한 적군보다 무서워
겹겹이 요새를 쌓게 한다
알프스 설산에서 내려오는 물
바다에 몸과 마음을 담근다
눈이 녹은 청량감에 마음까지 씻겨진다

해변에 쌓은 성
성곽 따라 걷는 길

여름 한낮, 견고한 벽이 서 있다
중세의 햇볕에 살을 태운다

영덕 고래불의 밤

태양이 작열하여 달궈놓은 백사장
밤도 성큼 다가서지 못하는 남빛 푸른 밤
파도는 일렁이며 어머니 무릎 베고 들었던
나직한 파도의 노래를 들려준다
두터운 모래층의 열기를 서서히 받는 삭신
따뜻한 모래의 사랑, 몰려오는 피로
깊고 검푸른 바닷속 이야기
어머니의 숨소리처럼 들려온다
조개들의 민첩함이 바스락거리고
한낮의 하늘은 저만큼 기울었다
해풍에 그을린 해변의 벗은 근육들
삶은 옥수수를 팔러 다니는 아낙들
눈빛에 잠겨있는 그을린 피부가 맑다
헤질녘 키 큰 옥수수의 총총한 울타리들은
더위에 지쳐 어깨를 잠시 내려놓고
바닷가 소나무 저편으로

낮 동안의 햇살 풍경을 접어둔 채
모래찜질의 아늑함에 안긴다

모래성

바닷가 모래밭에서
날마다 모래성을 쌓았습니다

파도가 쓸고 가 무너져버리는 성을

파도에 씻긴 모래알
맑은 해와 푸른 바다 수평선
감미로운 나태가 꿈꿀 수 있는

몽상과 환상의 성
성의 모습은 언제나 찬란합니다

간이역

산골 간이역 문경의 진남
한때 분주히 석탄을 나르던 기차
검은 삶의 무게를 지고
탄가루를 뒤집어쓰며
박꽃처럼 하얗게 웃던 아버지
고단함을 잠시 접은 채
초록빛에 기대어
세상 속으로 잠적하고
녹슬어 가는 철로, 무성한 잡초

레일 바이크를 돌리면
수동으로 움직이는 느릿한 시간
온갖 들꽃의 하늘거림

빨리빨리에 시달리던 강박도
잠시 넋을 놓고

더불어 호흡을 맞추는
느린 자전거로 느리게 가는 숲속 계곡 길

잠시 정차한 간이역에서
느리게 느리게 아주 느리게

질경이

몸속 정신줄이 팽팽하다

밟히는 운명으로 태어나
상처는 사치인지도 모른다

밟히고 또 밟히어 만신창이 되어도
다시 돋아나는 잎새

사람의 신발 바닥에 붙어서라도
어디인가로 가는

한줌의 흙에서라도 씨앗을 틔우리라

물푸레나무

물을 푸르게 하는 하늘빛 담은 물
파르라니 물들인 스님의 옷자락

표피엔 가슴이 뻥 뚫린 듯
비우고 비운 흰빛 흔적

산사에서 스님이 눈빛으로 키우는 나무

선비의 가느다란 회초리가 되어
자신의 종아리 단호히 내려치는 소리

몸은 가볍고 정신은 늘 반성하기
맑은 물가에서 푸른 마음 키우기

처서

모기도 입이 삐뚤어진다는 날
아파트 밀집 지역 편의점 앞
작업복이 외출복인 젊음들
가을바람이 스며든 싱싱한 달빛
달빛 조각을 안주삼아 하루를 마신다
고단한 밥벌이를 이야기하고
월세 인생이 아쉽다며
밤과 휴식은 너무 짧다며
하루의 노동이 술값으로 지불되는 밤
우편함에 쌓이는 고지서
봉덕사 새벽을 알리는 4시 종소리
밤이 끝났음을 알리자
토요일 특근은 어제가 되고
쏟아지는 잠에 파묻혀
아파트 수납공간으로 흡입되어 간다
빈 박스에 술병 담는 소리

술이 엎질러지고 담배꽁초가 뒹구는 소리
소슬바람이 온몸을 뒤집으며
가슴앓이 터지는 소리

3부

그대가 내게 달려오는 힘으로

도산서원 가는 길

늙은 소나무는 바람이 스치는 곳,
춤추는 물결들을 무수히 굽어 봅니다
달빛 팔랑이던 강여울에
한낮, 햇살이 일렁이며 부서집니다

글 읽는 소리 낭랑하게 들려오고
별자리 짚어가던 학생의 시심詩心이 스며듭니다
선비의 모시 도포에서는 솔향이 솔솔나구요
시어詩語 하나에, 은빛 나는 물고기들
햇살에 뛰어올라, 함께 노네요

모래 둑을 밟으며, 윤슬에 취해

순례하듯 서원 가는 길

새

어디든 날아가는 새라고 자유롭기만 할까

허공의 길은 늘 추락과 맞닿은 길
내려보면 세상의 끝처럼 아득한 곳

먼 곳을 날아
하늘빛까지 마셔 더욱 가벼워진 몸
잠시 쉬어가는 모래밭

새의 영혼을 꿈꾸며
날고 싶어도 날지 못하는 날개

밥

순수해서 밥이다

가출했다 돌아온 아이처럼
이 세상 어느 곳을 떠돌다 와도

가족과 밥상을 마주하면
고개 숙여 눈물이 나는

부모

형제

추락

추락하지 않는 것이 있을까
오르면 내려와야 하는 길
배반의 역사가 난무하는 냉혹한 땅
차례대로의 패배만이 존재하는
죽고 죽이는 싸움
굶어 죽은 귀신밖에 없는 땅
허기로 몸부림치던 내장이
배 밖으로 나와
죽은 지렁이처럼 말라 있다

아귀들은 스스로 파놓은 함정에도 빠지고
얼음 구덩이 크레바스에도 빠져
냉동 바람에 자동건조된 후 비비 꼬인
웅크린 영혼으로 남아 사랑을 구걸한다

추락한 크레바스에서 바라보는

하늘은 무의미할 뿐
마네킹 사람들만이 밀려가는 길

추락한 영혼은 피를 흘리고
또 다른 영혼은 상처를 움켜잡으며
흘깃 흘깃 뒤돌아보며 달아난다

숙모

목련꽃을 닮아 희고 소담스러운 숙모
꽃 필 때 시집 와
목련이 활짝 필 때 떠나신다

스무 살 수줍은 모습으로 분 바르고
입술 붉게 바르고 시집 온 숙모
네 살의 나는 꽃밭 정원에서
새색시 숙모를 바라보며 노래불렀다
아빠하고 나하고 만든 꽃밭에……

죽음이 거쳐가는 같은 주소 명복공원
풀풀 날리듯, 한줌 남짓 가루가 된 86세의 당신
지는 목련의 참혹한 흙빛처럼 흙이 된다

영천 사과밭을 거닐며 도착한 옛집
소꿉놀이 하던 뜰과 별을 보던 다락방

스무 살의 곱디 고운 앨범 속 당신
빈집엔 옛 사진 앨범이 덩그러니 있다

코로나 해일에 휩쓸려 병원에서 고통스럽게 떠나
셨다

유도화 가슴 설레는 길

아드리아해 스플릿*에서 만난 백일홍 닮은 유도화
옛 선비들이 좋아했다던 백일홍
닮은 꽃이 이곳에 있다
인삼을 팔러 유라시아를 다니던 개성 상인들
이곳 왕에게도 왔을까
눈부시게 푸른 햇살과 진분홍 꽃에 설레는
유라시아를 꿰뚫고 다니던 방랑자들도
흙을 밟고 또 밟으며 바다와 꽃
금발의 이방인을 보러 왔을 것이다

가보지 못한 길도 언젠가 걸어본 듯한
세상의 길은 이어지고 또 이어져
꽃 피는 소리 들리는
체온으로 다져진 길

*크로아티아 남쪽 해안도시

납작한 죽음

잿빛 아스팔트는 걸음을 멈추게 하는
죽음을 맞이한다

살찐 고양이의 암울한 눈빛
바퀴에게 납작한 죽음을 주기 위해서인가

제 몸을 밟고 가셔도 됩니다
수천 번 수만 번 밟고 가세요
피범벅으로 터진 것들이 다져져서
마르고 닳도록
이렇게 증발할 수 있다면

진저리의 끝 그 어디쯤에서
자꾸 납작해지다가 증발하리라

예천 삼강

세 강이 모이는 곳, 모래가 아늑한
어머니의 고향
저 강 어디쯤에서
이승의 손을 씻고 가셨을까

모래밭을 같이 걷고 싶어요
금모래로 두꺼비 집을 지어요
작은 돌로 탑도 쌓아요

아버지와의 결혼으로
신혼의 꿈을 수놓던 모습도 보여요

나룻배도 같이 타고 싶어요

작은 돌을 강물에 자꾸 던져 봅니다
강바닥을 두드리니

보글보글 물방울이 올라와

안기고 싶은 새털구름이 되었습니다

유리벽

보이지 않는 벽에 부딪힌다
거짓이다

맑은 허공인 줄 알았으나
햇살 화사한 날의 두꺼운 유리벽
작은 새는 생애 가장 큰 날갯짓으로
유리벽으로 날아갔다

순수할수록 잘 깨지는 것들
억울하다고 하지 마라
사람들은 그저 무심히 지나칠 뿐

죽어야 깨어나고
부딪쳐야 살아나는

DOG TV*

나도 저렇게 풀밭을 뛰어 봤으면 좋겠다
개집에서 개의 모습으로
밥을 기다리며 살겠지

충직한 복종의 눈빛으로
주인을 따르리라

주인이 던져준 개껌으로
담밑, 조용한 곳으로 간다

좀처럼 치유되지 않는
상처와 열등감을 달래야 하는
사람들이 더 필요한 껌일 것을

*개들을 위한 유료 채널

이명耳鳴

이순이 되어 원치 않는 주름이 쌓인다
무슨 일이든 순하게 듣고 좋게 이해하려 하는데

겨울인데 귀에서 여치가 울어댄다
가끔 매미도 계절 없이 왕왕 울어대고

몸이 휘청인다

나, 살아 있다고 소리친다

새벽

새벽 첫차를 탄다
겨울 해는 아직 뜨지 않아
하나둘 불이 켜져 있는 집
어둠 속에 조심스레 어느 집 부엌
냄비 부딪치는 소리 들린다
여명 속 마을의 지붕들은
어둠보다 낮은 자세다

어둠이 걷히는 새벽 창호문 열고 나가
가마솥에 밥하고 또 다른 가마솥에 한가득
세숫물 데우던 엄마가 보인다
새벽을 여는 사람들은 말을 잊은 듯 경건하다
샘에서 길어온 맑은 물 부뚜막에 한 사발 떠놓고
식구들의 안녕을 기원한다

오늘 하루도 꿀을 따는 일벌처럼

묵묵히 뚜벅뚜벅 새벽을 맞는다

고욤꽃

너무 작아 현미경으로 봐야
비로소 꽃이 보인다

자지러지게
고혹적인 붉은 빛

초겨울 하나 남은
하루살이를 잡다가
한 점의 핏빛
작은 고욤꽃이다

작은 것일수록
소망이 더욱 뚜렷한 것을

지금쯤 낙엽 쌓인 깊은 산에서
열매로 반짝일 고욤

닭, 한 마리

김유정은 가난에 폐결핵으로 죽어가며
닭 한 마리 고아 먹는 것이 소원이었다

얼마나 허했으면

나는 백숙을 먹으려다

그만, 목이 꽉 메인다

꽃

초원에서

내가 달려가고

그가 내게 달려오는 힘으로

한 송이 꽃을 피운다

오동나무꽃

호수의 그늘진 물결들이 설레이고 있네요
서쪽에서 달려온 황사도 잠시 나태해져
풍경을 기웃거려 봅니다

어디서 이 걸음을 멈출까
마둔호수의 철새들은 다 어디로 가려는지

저 오동나무에 보랏빛 꽃 피워
꽃그늘이 드리워지는 날
그 그늘 밑에 서리라

유년의 기억 속에서
웃고 있는 가족들이 떠오릅니다
보랏빛 꽃무더기도 잔잔히 웃고 있네요

경주 남산 신선암 마애불

여명의 빛이 떠오를 때 더욱 자비로운 모습
석공은 바위를 부처로 만들고 부처가 되었다

아이야, 마음이 아프냐 마음의 눈을 뜨거라
민초의 자식을 위한 절이 수억 번
어느 한 세월도 간절하지 않은 마음 있을까
아이야, 에미의 기도하는 소리가 들리느냐!

이곳은 오래전 나의 고향이었다
새벽이면 닭이 목청 돋우어 시작을 알리는
화랑이 나라를 위해 단련하는
서라벌의 하늘과 땅은 평화로운 곳

이 땅을 지키려 동해 수중릉에 묻히신
문무대왕께 예를 올리며 나라의 안녕을 기원한다

행복한 집

인간은 자신을 위한 벽을 세우고
벽 안에서 안도의 숨을 쉬네요

코로나 바이러스와의 전쟁
초조와 불안감
부드러운 마스크 방패가 있어 불행 중 다행

기쁜 일 슬픈 일도 무심히 지나갑니다
4차 유행과 지구에서 무수히 죽어가는 생명들
인간이 스스로 지은 죄
반성하고 기도하라고

창으로 쏟아지는 봄 햇살에 우울을 말리며
주인 바라기 화초
한 잎 한 잎 먼지를 닦습니다

부븸밥*

아버지 피난시절 단칸방
온갖 풀 뜯어 산나물 많이 넣고
식구가 모여 쓱쓱 비벼 먹었다던
비빔밥
쌀이 귀해, 밥보다 많은 나물의 포만감

아버지는 멸치 먹어라, 뼈가 튼튼해야지
달걀 먹어라, 병아리를 낳게 하는 힘처럼

아버지가 주신 생명수
태평양 같은
어머니의 바다에서 자란 몸

출렁이는 검푸른 바다 위를 날며
기내식으로 고추장에 참기름까지
쓱쓱 비벼 먹는데

아버지의 아버지, 할아버지의 할아버지
난리통에 먹었다던 부뷤밥이 떠오르네요

*비빔밥의 옛날 말

물봉선

초가을 햇살 내리는
칠현산 냇가 낮은 곳에
나즈막히 노래하는 물봉선

상처에 스며드는
자주빛 꽃물

잠 못 이루는 밤을
물봉선의 노래에 젖어

가을마중 풋잠이 달다

|해설|
이숭원(李崇源, 문학평론가 · 서울여대 명예교수)

생의 윤리와 상징의 창조

생의 윤리와 상징의 창조

1. 삶의 정점을 향하여

김정조 시인의 시를 가로지르는 정신의 두 축이 「시인의 말」에 담겨 있다. "7년 만에 두 번째 시집을 내며 벽을 보고 수도하는 느낌"이라고 했다. 이 말에는 시인이 보낸 아픔과 슬픔의 세월이 새겨져 있다. 면벽수도面壁修道라는 말이 있듯이 도를 닦을 때는 세속과 차단한다는 뜻에서 벽을 보고 수도한다고 표현한다. 그런 의미에서 보면 벽을 보고 수도하는 것은 당연한 일이다. 그러나 김정조 시인에게 이 말은 특별한 의미를 지닌다. 아무리 수도 정진해도 전망이 열리지 않는다는 뜻을 나타내기 위해 벽을 보고 수도한다고 표현한 것이다. 아무리 마음을 기울여도 길이

열리지 않고 아무리 정진해도 나아갈 전망이 보이지 않는 것이다. 그래서 이 말을 제일 먼저 배치했을 것이다. 수도 정진해서 정신이 정화되고 삶의 단계가 높아지는 것이 아니라 고통과 아픔이 여전히 시인의 마음을 누르기 때문에 이런 표현이 나온 것이다. 그렇다 하더라도 세속의 황잡한 길에 다시 눈을 돌릴 수는 없다. 벽을 보고 수도한다는 그 마음으로 시의 길, 인생의 길을 계속 걸을 수밖에 없다. 「시인의 말」의 첫 문장은 바로 이런 심정을 피력한 것이다.

  그러면서도 시인은 그 수도의 시간이 위안과 치유를 안겨주었음을 밝혔다. 그것은 무슨 신비한 도를 닦아 그렇게 된 것이 아니라 시를 써서 그러한 자리에 이른 것이다. 김정조 시인에게 시를 쓰는 것은 도를 닦는 수행이고 위안과 치유를 얻는 방책이다. 그래서 시인은 그 시간을 "살아있음에 대한 감사의 시간"이라고 했다. 실제의 삶은 위안보다는 고통을, 치유보다는 아픔을 주었는데, 시를 통해 위안과 치유를 얻었으니 시를 쓰며 살아온 세월에 대해 감사를 표명한 것이다. 그러니 시는 그에게 살아있음을 증명하는 실존의 확인이며 더 나은 자리로 그를 이끌어 가는 행위의 지표가 된다. 실존과 행위를 주관하는 윤리의식의 총체가 시 쓰기이다. 김정조 시인의 시정신은 뚜렷한 윤리의식에 뿌리를 내리고 있는데, 그의 삶의 반경을 선善의 방향으로 이끄는 주도적 역할을 하는 작업이 바로 시 쓰기이다. 그래서 그의 실존의 영역에서 시와 삶은 절대로 분리될 수 없다. 시는 그의 정신과 생활을 지탱하는 존재의 거점으로 작동하고 있다.

시집 첫머리에 놓인 다음 작품에 그의 의식과 지향이 잘 나타나 있다.

화려한 혼인비행……

삶의 정점을
종족 보존을 위해
냉가슴앓이, 찬 빛을 태우는

개똥밭에나 구르던 하찮은 몸짓이
애벌레를 깨고 나오면
맑디맑은 이슬로 목을 축이는 준비

생애, 최고의 꿈을 꾸며

곡선으로 빚는 영롱한 빛꽃놀이
— 「반딧불」 전문

반딧불은 반딧불이라는 곤충이 내는 빛을 의미한
다. 반딧불이를 속칭 개똥벌레라고도 하는데 이 어원
에 대해서는 여러 가지 설이 있다. 제일 유력한 것은
밤에 빛을 내는 형광螢光을 개똥(혹은 개똥불)이라고
했다는 설명이다. 어떤 사람은 반딧불이가 낮에 음습
한 곳에 숨어 있는데 동물의 똥 밑에 숨어 있는 경우
가 많아서 그런 이름이 붙었다고 설명하기도 한다.
시인은 반딧불이가 애벌레 상태에서 개똥밭 같은 거
친 곳에 굴렀다고 보고 시를 썼는데 여기에는 시인의
자기 인식이 투영되어 있다. 생물학적 사실과는 별개
로 시인은 자신의 의식을 투영하여 시를 썼기 때문에
시인이 뜻한 의미를 찾아 읽을 필요가 있다. 시인은
개똥밭에 구르던 비천한 몸이 맑디맑은 이슬로 목을
축이며 하늘로 날아올라 생애 최고의 꿈을 꾸며 영롱
하고 화려한 빛의 곡선을 하늘에 수놓는 모습을 예찬
하고 감탄한 것이다. 요컨대 그 반딧불이처럼 고통과
아픔으로 응어리진 자기 자신에게도 맑은 이슬을 머
금고 영롱한 곡선을 펼쳐내는 "삶의 정점"이 찾아올

수 있을까 염원하며 이 시를 구상한 것이다. 그러므로 우리는 과학적 사실을 떠나 이 시에 담긴 시인의 간절한 염원과 소망을 읽어내야 한다. 그는 벽을 보고 수도하는 인고의 세월을 거치면 어느 날엔가는 맑고 영롱한 빛을 분사하는 아름다운 비행을 보여줄 수 있을까 염원하는 심정으로 시를 쓴 것이다. 그런 맥락에서 이 시를 읽으면 시인의 간절하고 애틋한 마음에 가슴이 뭉클해지고 눈시울이 붉어진다.

그는 이러한 화려한 빛과 채색의 아름다움이 펼쳐진 장면을 「나비들의 춤」에서 다시 노래했다. 그는 어떤 따뜻한 남도의 숲에 가서 팔손이나무에 하얀 꽃들이 만발한 모습을 보았다. 혼인색을 띄운 나무의 꽃들을 보고 연노랑 빛 날개 큰 나비들의 떼 지어 날갯짓을 보이는 장면을 연상했다. 많은 나비들이 화려한 춤을 추며 하늘을 나는 상상은 황홀하다. 꽃들의 즐거운 탄성과 나비 날개의 희열이 융합된 그 화려한 장면을 상상하며 그는 자신의 삶이 이렇게 승화될 날이 있을지 잠시 생각에 잠긴다. 그래서 "회색빛 우울함도/나비의 날개처럼 파닥거릴/살아서 좋은 날!"을 꿈꾸어 본다. 이 소망은 「반딧불」에서 "개똥밭에나 구르던 하찮은 몸짓"의 자아가 "곡선으로 빚는 영롱한 빛꽃놀이"를 꿈꾸는 것과 다름이 없다. 그는 현재의 고통과 상처를 이겨내고 맑고 영롱한 삶의 정점을 향해 비상하기를 간절히 소망하는 것이다. 그러한 의식이 「반딧불」과 「나비들의 춤」 창작의 강력한 동인이 되었다.

2. 윤리의식의 실천적 표상

아픔과 슬픔에서 벗어나 삶의 정점을 지향하는 의식은 많은 사람들이 공유하고 있다. 세상을 살아가는 대부분의 사람들이 조금씩은 그런 생각을 갖고 있을 것이다. 문제는 그러한 생각을 어떻게 행동에 옮기느냐 하는 점이다. 실천의 국면에 문제의 중요성이 담겨 있다. 생각만 갖고 있을 뿐 아무 노력을 하지 않는다면 그러한 희망은 달성되기 어렵다. 시를 쓰면 그런 날이 오겠지 하고 막연히 기다리는 것도 무의미한 일이다. 실천을 위한 마음의 의지와 정신의 자세가 뚜렷해야 한다. 김정조의 시에는 그러한 의지와 자세를 통해 윤리의식을 드러내는 뚜렷한 자각의 단서들이 분명히 존재한다.

상처를 꿰맨다
아파서 해지고 구멍 난 것들
모두 가져다 상처를 메꾼다

늦은 밤
불면을 바느질하던 어머니도
숱한 상처를 다독이고 기웠으리라

가난과 상처를 달래던 바늘과 실
어머니의 한 땀 한 땀으로 치유되던 날들

딸아, 한 땀이라도 정성을 기울이렴
　　―「바느질」전문

　앞의 「반딧불」이 여름 밤하늘에 흔히 볼 수 있는
반딧불을 통해 시상을 펼쳤듯이 이 시도 모든 여성들
이 친숙해 하는 바느질을 소재로 마음을 표현했다.
어린 시절 어머니와 딸은 길동무처럼 바느질을 함께
했다. 어머니에게 배운 바느질을 어머니의 나이가 된
시인이 되풀이하며 그 의미를 생각하고 있다. 해진
곳을 꿰매고 구멍난 곳을 기워 나가는 바느질은 그

행위 자체가 실천적이고 윤리적이다. 모르긴 해도 삶의 고초가 심했던 옛날 여인들은 밤늦게까지 바느질을 하며 생의 아픔을 달랬을 것 같다. 해진 곳을 꿰매고 깁는 일이든 천을 이어 새로운 형태를 만드는 일이든 바느질은 과거를 지우고 새것을 만드는 창조 행위임이 분명하다. 그러한 창조 작업을 통해 옛 여인들은 삶의 고달픈 솔기를 여미고 새로운 시간으로 나아가는 전진의 의식을 가졌을 것이다. 시인의 어머니는 딸에게 당부했다. "딸아! 한 땀이라도 정성을 기울이렴"이라고. 평범한 이 말은 대를 잇는 교훈이 되어 삶의 지침이자 수행의 화두로 딸에게 다가온다. 바늘과 실로 가난과 상처를 달래고 아픔을 치유하던 어머니의 방법은 딸에게 계승되어 삶의 지혜로 변용된다. 한 땀이라도 정성을 기울여 바느질을 해야 상처와 아픔이 치유될 수 있는 것이다. 어머니에게 배운 바느질의 윤리가 시인인 딸에게 계승되어 창작의 윤리의식으로 작동하게 된 것이다.

이러한 의식은 「미황사, 달마고도」에서 "최선을 다하며 살았냐고/제 자신에게 물어봅니다"라는 말로 전환되어 표출된다. 시인은 해남의 땅끝마을까지 왔다. '땅끝'이라는 말은 생의 끝판, 막바지라는 의미

를 떠오르게 한다. 해남 땅끝 달마산에는 미황사美黃
寺라는 천년 고찰이 있고 미황사 주변의 바다를 내려
다보며 걸을 수 있는 둘레길 을 '달마고도'라고 한
다. 선승 달마가 구도의 길을 걷듯 마음을 찾는 보행
을 하라는 뜻으로 달마고도라고 이름 붙였다. 시인은
땅끝마을 달마고도에서 "오래전 제 몸을 이탈한 마
음 하나"를 찾아 잘 있느냐고 묻는다. 자신의 과거를
돌이켜보니 아픈 무기력에 누워 길 잃은 아이처럼 헤
맨 삶을 살았다. 과연 자신은 한 땀 한 땀 정성을 기
울여 산 것인가. 어머니에게 얻은 가르침을 제대로
실천한 것인가? 이런 반성이 밀려드는 것이다. 그래
서 그는 최선을 다해서 살았냐는 평범한 질문을 자신
에게 던지는 것이다. 질문의 내용은 평범하지만 그
질문을 제기하는 장소가 땅끝마을 미황사 달마고도
라는 데 의미가 있다.

　이와 더불어 「방랑」이라는 시에서는 배를 타고 항
해하는 자신의 모습을 상상하며 방랑이 자신의 운명
이요 시를 이끄는 영혼이라는 생각을 한다. 결과를
보면 걸어도 걸어도 제자리로 돌아오는 것 같지만 그
래도 "땀 흘리며 노를 젓는" 자신의 모습이 보인다고
했다. 그것 역시 한 땀 한 땀 정성을 기울이는 행동의

윤리와 통하고, 최선을 다하며 살았냐고 자문하는 자성自省의 자세에 연결된다. 이러한 윤리적 실천을 통해 그가 도달하고자 하는 이상의 경지는 자작나무 은빛 순결의 세계다.

시베리아 하얀 달빛 쏟아지는 자작나무 숲
은빛 나뭇결을 닮은 바람의 빛
바람은 바람을 낳아 은밀히 몸집을 키우고 있네요

밤마다 달빛을 품어 비밀을 만드는지
회오리의 눈도 보았습니다
자신의 모태가 자작나무 숲이라는 것
그들도 무수히 퍼지는 씨앗과 같은 존재라는 것

혹독한 바람 따라 달리는 벌판의 늑대
달빛을 향해 짖어대는 늑대의 삶도 바람 같아
짐승도 늘 슬픈 공복이 기다리고 있듯이
바람도 허기를 못견뎌 몸부림칩니다

바람을 만나러 왔으나 바람에 날리는 내 영혼
내 몸도 한바탕 회오리에 날아갑니다

햇살 부서지는 곳으로 씨앗처럼 날아갑니다
— 「바람의 눈」 전문

이 시에서 보는 것처럼 그가 지향하는 세계는 "시
베리아 하얀 달빛 쏟아지는 자작나무 숲/은빛 나뭇
결"의 세계다. 시베리아 차가운 바람에 시달리면서
도 오히려 그로 인해 은빛 순결의 나뭇결을 유지하는
상태를 그는 염원하고 지향한다. 고통과 슬픔을 깁고
꿰매어서 새로운 순수의 피륙을 만들고자 하는 것이
다. 시베리아 찬바람이 없으면 자작나무 흰 살결이
나타날 수 없듯이 아픔과 슬픔이 없으면 순수의 피륙
은 얻어질 수 없다. "밤마다 달빛을 품어 비밀을 만
드는" "회오리의 눈"이 사람에게도 필요한 것이다.
그래서 제목이 "바람의 눈"이다. 바람은 바람을 낳아
은밀히 순수의 몸집을 키워간다. 바람의 모태가 자작
나무 숲이고 자작나무 흰 살결은 바람의 눈을 받아
이루어지는 것이니 이 백색의 순결은 공동의 씨앗으
로 무수히 퍼지는 증식력을 갖고 있다. 시인은 그 시
베리아 찬바람 속에서 자신의 몸과 영혼이 한바탕 회
오리에 휩쓸려가기를 바란다. 자신도 순수의 씨앗으
로 동참하고 싶은 것이다. "햇살 부서지는 곳으로 씨

앗처럼 날아"가면 자신도 순수의 세계에 동참할 수 있는 것인지 자문하며 그런 상태에 이르기를 소망한다.

순수의 상태는 의지나 소망만으로 이루어지는 것이 아니라 행동과 실천이 따라야 한다. 어머니의 가르침대로 "한 땀이라도 정성을 기울이"는 자세가 필요하다. 그래서 시인은 「질경이」, 「물푸레나무」 등의 시를 연이어 썼다. 두 편 다 행동의 윤리와 실천의 의지를 표상한 작품이다. 질경이는 풀밭이나 길가 아무 데서나 자란다. 몸체도 작고 모양도 볼품이 없어서 사람들 발길에 채이고 밟히는 일이 많다. 밟히는 운명으로 태어났으니 상처니 뭐니 하는 말도 사치라고 시인은 생각한다. 시인은 자기 자신을 질경이에 비유한다. "밟히고 또 밟히어 만신창이 되는 삶"이 자신의 모습이라고 생각한다. 그러나 질경이는 그런 고초를 겪어도 "다시 돋아나는 잎새"를 갖고 있다. 강인한 생명력, 끈질긴 의지가 질경이의 생리다. 톱니 모양의 잎자루를 갖고 있어 사람의 옷이나 신발 바닥에 붙어 어딘가로 가서 씨앗을 퍼뜨리는 막강한 번식력도 지니고 있다. "한줌의 흙"만 있어도 씨앗을 틔우는 천부의 생명력에 선망을 표현하며 자신도 그런 생명력과 의지를 갖고 싶어 한다.

「물푸레나무」 역시 물을 푸르게 한다는 나무의 이름처럼 마음을 비우고 자신을 단련하면서 몸은 가볍게 휘청거리지만 정신은 늘 반성하면서 "맑은 물가에서 푸른 마음 키우기"를 염원한다. 이 맑고 푸른 마음은 「바람의 눈」에서 본 시베리아 자작나무의 은빛 나뭇결과 같은 형상이다. 요컨대 시인은 짓밟히는 고초의 경험 속에서도 생명력을 잃지 않고 실존의 의지로 버티고 나가 맑고 푸른 마음을 추구하기를 궁극적으로 바라는 것이다. 질경이의 생명력과 물푸레나무의 맑은 형상이 하나로 결합되어 정신의 높은 지점에 도달하려는 윤리의식을 받쳐주는 시적 상징으로 자리 잡는다.

3. 새의 상징과 소망의 현현

시인의 의식에 가장 아름답게 남아 있는 장면은 어린 시절 가족의 행복한 모습이다. 그는 그 풍경을 이상적인 동경의 대상으로 간직하고 있다. 「빈집」에는 기억 속에 저장된 어린 날의 영상이 등장한다. 일본 여인이 살던 적산가옥을 얻어 가족이 들어가 생활했는데 흉흉한 소문이 돌던 집이지만 그 집에 살 때의 어머니와 아버지는 가장 밝고 행복한 모습을 보여주었다. 옥양목 꽃무늬 저고리를 입은 젊은 엄마가 미소를 띠고 있고, 늘 분주했던 아버지는 양복을 입고 웃고 있다. 언니와 오빠는 교복을 단정히 입었고 오동통 살찐 남매들이 백일홍 꽃을 중심으로 보기 좋게 어울려 있다. 가장 행복했던 가족의 모습이 영롱하게 형상화된 작품이다. "가장 행복했던 가족이 새록새록 보인다"고 했으니 그는 이 장면을 꿈에서도 잊지 못하고 늘 새로운 영상으로 떠올리는 것이다.

「흑백사진」은 장롱 속에서 찾은 오래된 흑백사진이 소재다. 세월의 얼룩이 스며들어 인화된 영상은 빛이 바랬다. 웃는 모습이 희미하지만 젊을 때 걸쳤던 낡은 옷이 오히려 해맑아 보인다. 젊음의 표정이 그런 해맑음을 얹어준 것이리라. 청춘의 시절에는 시련도 많아 "푸르름이 짙어 혼란스러웠던" 점도 있었다. "어둠과 어둠의 만남이/잠깐의 쉼표와 함께 멈춰버린 시간"이 그 시절 시간의 윤곽이다. 그래도 추억의 흑백사진 속에 "그는 차가운 별빛 부스러기를 즐기려"는 듯 머리를 내밀고 "목을 길게 빼고 사진 속에서 튀어나와/해시시 웃고 있다" 착잡하고 다난했던 젊은 시절의 풍경이지만 그래도 거기에는 희망이 있고 웃음이 있다. 시간은 흑백의 탈색 속에 많은 것을 미화시킨다. 그래서 과거의 가족은 여전히 행복한 좌표에 설정되어 있다.

「간이역」에는 산골 간이역을 배경으로 "박꽃처럼 하얗게 웃던 아버지"의 모습이 나타난다. 「빈집」에 보인 늘 분주하던 양복 입은 아버지와 같은 상태인지는 알 수 없으나 긍정적인 가족의 모습임에는 틀림이 없다. 이 행복한 영상은 "수동으로 움직이는 느릿한 시간" 속에 재생된다. "느린 자전거로 느리게 가는 숲속 계곡 길"의 간이역이어서 느린 시간의 회로 속에 느긋하고 여유 있는 아버지의 모습이 재생되었는지 모른다. 현실에서 경험할 수 없는 아주 느린 시간 속에서야 행복했던 과거가 재생된다는 점에서 과거의 행복이 현실에서 실현되기 어렵다는 사실이 확인된다.

이와 대비되어 어머니의 모습은 「예천 삼강」에 등장한다. 어머니의 고향으로 지칭된 삼강 어디쯤에서 어머니는 이승의 손을 씻고 저승으로 향했을 것이다. 어릴 때는 모래밭에서 놀이를 하며 금모래로 두꺼비

집을 짓기도 하고 작은 돌로 탑을 쌓기도 했을 어머니. 예천의 맑은 물가에서 성장해서 어른이 되어서는 아버지와 결혼하여 신혼의 꿈을 수놓기도 했을 것이다. 그러나 행복의 시간은 짧고 고뇌의 시간이 길어, 머물고 싶었던 추억의 시간도 새털구름처럼 사라졌다. 아름다운 과거는 사라지고 처연한 현재는 생생히 살아 있다. 이것이 인생인 것이다. 쓸쓸한 인생길에서 시인은 과거의 행복했던 시간을 회상하는 일을 멈추지 않는다.

「오동나무꽃」에서 "유년의 기억 속에서/웃고 있는 가족들이 떠오릅니다/보랏빛 꽃무더기도 잔잔히 웃고 있네요"라고 노래하며 행복한 가족들의 모습을 그리워한다. 언젠가 "저 오동나무에 보랏빛 꽃 피워/꽃그늘이 드리워지는 날/그 그늘 밑에 서리라"라는 희망을 버리지 않는다. 그가 시를 쓰는 것은 위안과 치유를 얻기 위함이요 추억 속에 내장된 행복의 영상을 계속 되살리기 위해서다. 그 행복한 영상이 지속되어야 현실의 아픔과 슬픔을 이겨낼 수 있는 것이다. 현실의 고통을 넘어선 이상의 표상은 그의 시에 '새'로 나타난다.

공양주보살 하기를 좋아하셨던, 각산댁 울 할매는
사람이 죄를 조금 지으면 죽어서 새가 된다고 했다
오래전에 당신은 꿈을 이루어 하늘을 날았을 것이다

새처럼 날아가는 꿈을 꾼다
허공을 가르며 날아가는 하늘길
떨어지는 꽃잎을 세는 일

모이주머니가 작아 늘 바쁘게
먹잇감을 구해야 하는 작은 새
시를 먹고 사는 초라한 시인도
시모이를 구해 시주머니에 담으려
새벽길을 나선다

새는 훨훨 날아 주름도 없이 늙는다
　　　　—「순명順命」 전문

　남에게 보시하며 공양주 하기를 좋아했던 할머니
는 죽어서 새가 되고 싶다는 얘기를 했다. 할머니는
죄를 조금 지어야 새가 된다고 했다. 죄를 많이 지으
면 새가 못 된다는 뜻이다. 욕심이 없어야 새가 될 수 있다. 할머니는 남에게 보시를 많이 했으니 새가 되어 하늘로 날아갔다고 생각한다. 새는 모이주머니가 작아서 늘 바쁘게 먹잇감을 구해야 하지만 욕심이 없기 때문에 가볍게 하늘을 날 수 있다. 시를 쓰는 시인도 작은 모이주머니에 담을 시의 모이를 구하며 사니 욕심이 없는 것은 마찬가지가 아닐까. 새벽길에 작은 모이를 구하며 떨어지는 꽃잎을 세며 살다가 하늘의 새로 날아오르는 것이 시인의 꿈이다. 새처럼 주름도 없이 늙을 수 있다면 금상첨화일 것이다. 시련과 가난으로 얼룩진 인생길에 시인은 가능한 한 죄를 적게 짓고 새가 되기를 원한다. 그것이 시인이 지닌 작은 소망이다. 이러한 시인의 소망은 「새」라는 제목의 시에 더 뚜렷이 표현된다.

어디든 날아가는 새라고 자유롭기만 할까

허공의 길은 늘 추락과 맞닿은 길
내려보면 세상의 끝처럼 아득한 곳

먼 곳을 날아
하늘빛까지 마셔 더욱 가벼워진 몸

잠시 쉬어가는 모래밭

새의 영혼을 꿈꾸며
날고 싶어도 날지 못하는 날개
―「새」전문

이 시에서는 새가 되고자 하는 자신의 소망이 이루
어지지 못할 것 같다는 의구심을 표현한다. 세상을
순수하게 산다는 것이 어려운 일이기 때문이다. 겉으
로만 보면 새가 어디로든 날아가는 것 같지만 그것이
새의 자유를 증명하지는 못한다. 새도 목숨 가진 생
명체이고 보면 세상의 고통에서 자유롭지 못할 것이
다. 허공의 길은 늘 추락과 맞닿아 있고 그것이 끝나
는 지점은 결국 "세상의 끝처럼 아득한 곳"일 것이
다. 새는 하늘을 날기 때문에 하늘빛을 마셔 몸이 가
볍지만, 자유의 존재처럼 보이는 새도 지상의 숙명을
벗어나지 못할 것이다. 날다가 힘이 들면 새도 모래
밭에 앉아 몸을 쉬게 할 수밖에 없을 것이다. 이런 관
점에서 자기 자신을 가만히 돌이켜보면, 새의 영혼을
꿈꾸기는 하지만 지상의 존재성에 얽매여 있기에
"날고 싶어도 날지 못하는 날개"를 갖고 있음을 자인

하지 않을 수 없다. 여기서 시인은 삶의 모순을 더 절 감하게 되고 모순의 굴레에 순종할 수밖에 없는 운명 을 자탄하게 된다.

이러한 사유의 과정에서 시인은 여행을 통해 색다 른 생각을 하게 된다. 그것은 러시아 지역을 여행했 을 때 체험한 흑야와 백야에 대한 새로운 인식이다. 이것은 「수즈달」과 「백야」에 표현되어 있다. 수즈달 은 러시아의 오래된 유적 도시로 많은 수도원과 성당 이 보존되어 있는 특이한 지역이다. 시인은 그곳을 여행하면서 흑야를 체험했다. 겨울에 북반구를 여행 하면 해가 일찍 지고 밤이 길게 지속되는 흑야를 경 험하게 되고 여름에 그 지역을 여행하면 거꾸로 낮이 길게 지속되는 백야를 경험하게 된다. 「백야」는 모스 크바에서 백야를 경험한 이야기를 시로 표현했다. 흑 야의 환경에서는 오후 네 시면 해가 져서 긴 밤 동안 어둠의 시간을 보내며 낮의 햇빛이 비치기를 기다린 다. 백야의 환경에서는 밤 열 시에도 노을이 남고 새 벽 세 시면 햇살이 비쳐서 어둠을 달라고 무릎 꿇고 기도한다. 이렇게 생각하면 빛과 어둠, 긍정과 부정, 희망과 절망이라는 것도 인간이 만들어낸 관념임을 알 수 있다. 불교에서 말하는 대로 일체유심조一切唯

心造일 따름이다. 어둠이 길면 빛을 바라고 빛이 길면 어둠을 기원한다. 어둠과 빛이 처음부터 부정과 긍정으로 나뉘어 있는 것이 아니다. 그렇다면 인간의 슬픔이나 기쁨, 고통이나 환희도 사람의 마음에 따라 달리 나타나는 것일 뿐 절대적 기준이 있는 것이 아니다. 이러한 체험을 통해 시인은 삶의 기쁨과 슬픔에 대해 훨씬 유연한 생각을 갖게 된다. 인간은 가변적인 존재이며 삶 또한 인간의 의식에 의해 얼마든지 다르게 인식될 수 있다는 사실을 깨달은 것이다. 그런 차원에서 시인은 짧은 시 형식 속에 고도의 응축된 각성을 표현하기에 이른다.

이순이 되어 원치 않는 주름이 쌓인다
무슨 일이든 순하게 듣고 좋게 이해하려 하는데

겨울인데 귀에서 여치가 울어댄다
가끔 매미도 계절 없이 왕왕 울어대고

몸이 휘청인다

나, 살아 있다고 소리친다

─「이명耳鳴」전문

　이명은 귀에서 윙 하고 울리는 소리가 들리는 현상
이다. 사람에 따라 이명의 증세가 달리 나타나기 때
문에 원인을 찾기도 어렵고 치유하기도 어렵다. 이명
이 심한 사람은 아예 귀를 잘라내고 싶은 충동까지
일으킨다고 한다. 시인 역시 육십이 넘어 이명 증세
가 생긴 것 같다. 이순의 나이에 이르렀으면 모든 것
을 순하게 받아들이고 이해해야 할 텐데 이명 때문에
신경이 더 날카로워졌으니 나이 먹은 값을 못한다.
겨울인데 귀에서 여치가 울기도 하고 가끔 매미가 계
절 없이 왕왕 울어대기도 한다. 아무리 해도 소리를
없앨 수 없으니 몸이 휘청이고 마음은 산란하다. 이
명의 고통을 겪으면서 시인은 이명의 괴로움을 받아
들이는 지혜를 갖게 되었다. 흑야의 세계 속에서는
밝음을 기다리고 백야의 세계 속에서는 어둠을 기다
리듯이 이명의 소리를 "살아 있다고 소리"치는 몸의
반응으로 해석한 것이다. 죽었다면 아무 소리도 들리
지 않았을 텐데, 살아 있기에 내가 살아 있다는 소리
가 귀에 들린다는 뜻이다. 일체유심조라고 했으니 이
명을 살아 있다고 소리치는 몸의 반응으로 이해하면

고통을 넘기기가 훨씬 수월해질 것이다. 그토록 견디기 어렵다는 이명을 생명의 살아있음을 알리는 소리로 받아들인다면 적은 모이로 작은 주머니를 채워 하늘로 날아오르는 새의 경지에 가까이 이를지 모른다. 그의 겨드랑이를 뚫고 나오는 은빛 날개를 보게 될지 모른다.

초원에서

내가 달려가고

그가 내게 달려오는 힘으로

한 송이 꽃을 피운다
—「꽃」전문

이 짧은 시에도 많은 이야기가 포함되어 있다. 일체유심조의 교훈도 이 이야기에 포함된다. 엄격히 따지면 초원에 꽃 한 송이 피어나는 것은 우연이고 거기 아무 의미도 담겨 있지 않다. 초원에 무수한 꽃이 피고 질 텐데 거기 무슨 의미가 있겠는가. 그러나 우리 마음을 대상에 투입하여 일체유심조의 감각으로 다시 생각해 보면 새로운 담론이 생성된다. 이 시의 문맥대로 내가 달려가고 그가 내게 달려오는 힘으로 한 송이 꽃이 피어난다고 생각하면 자연 현상은 모두 황홀해지고 모든 정경이 찬란해진다. 삼라만상의 모든 움직임이 나와 너의 움직임과 연결되어 있다면, 그래서 백야와 흑야조차 우리의 마음과 뜻이 개입되어 일어나는 것이라면, 인간과 자연 전체가 공동체적 신비의 아우라에 휩싸이게 될 것이다. 우리는 찬란한 우주의 한 별에서 자연과 교유하며 아름다운 생명을 펼치고 있는 것이다.

아주 먼 신화의 시대에는 인간과 자연이 신화적 공동체로 융합되어 있었는데 과학적 사유가 싹트게 되어 인간이 대상을 물리적으로 분석하게 되자 신비의 빛이 사라졌다고 해석하는 사람들이 있다. 현대의 과학적 사유로는 초원의 꽃 핌과 사람의 의지는 아무 관련이 없다. 이러한 사유는 세계의 범주를 엄격히 구분해서 설명의 편의를 제공하기는 한다. 그러나 인간과 대상의 관계가 완전히 차단되면, 인간은 가시적 현상으로부터 소외되고 배제된다. 결과적으로 인간은 자연과 아무 관련 없는 하나의 사물이 된다. 그런 관점에서 보면 이명은 인체의 병리 현상이고 꽃은 식물의 증식 현상일 뿐이다. 그런데 시는 이러한 과학적 계량적 사고에 도전하여 신화적 사유를 복원하려고 한다. 신화적 사유의 복원이 근대 과학 시대 이후 인간이 상실한 근원적 요소를 되찾는 중요한 작용을 한다고 생각하기 때문이다. 그래서 시에서는 신화적 상상력이 중시된다.

김정조 시인의 「꽃」은 그리고 「이명」은 신화적 사유의 복원을 통해 인간의 근원적 요소를 되찾는 기능을 수행한다. 김정조 시인이 이 방면에 관심을 가진 것도 시인이 상실한 공감적 사유의 회복을 통해 마음의 위안과 치유를 얻을 수 있다고 생각했기 때문일 것이다. 「시인의 말」에서 이야기했던 대로, 벽을 보고 수도하는 단계에서 살아있음을 감사하는 단계로 나아갈 때, 이 신화적 사유의 회복이 중요한 역할을 한다고 직감적으로 체감했기 때문이다. 그래서 이명은 살아있음을 알리는 외침이요 꽃의 피어남은 나와 그대가 열심히 달려와 이루는 중요한 결과임을 인식하게 된 것이다. 이것이 그가 시 쓰기에서 얻은 위안과 치유의 힘이요 살아있음에 대한 감사의 체험이다. 이 단형 서정시의 응축의 형식 창조에서 그의 소망이

실현되었다. 이것을 일종의 신성 현현incarnation, epiphany이라고 말해도 좋을 것이다.

이 기쁜 소식과 더불어 김정조 시인의 두 번째 시집 출간을 알리는 것은 즐거운 일이다. 삶의 정점을 향한 그의 노력, 윤리의식에 바탕을 둔 그의 실천, 새로운 시적 상징 창조의 과업이 계속 지속되기를 소망한다. 그러한 시간을 통해 그의 삶도 위안과 치유를 얻을 것이요 그의 시를 읽는 독자들도 자연스럽게 그러한 화해의 자리에 이를 것이다. ✦

정조

나무시인선 024

바람의 눈

1쇄 발행일 | 2022년 06월 15일

지은이 | 김정조
펴낸이 | 윤영수
펴낸곳 | 문학나무
편집 기획 | 03085 서울 종로구 동숭4나길 28-1 예일하우스 301호
이메일 | mhnmoo@hanmail.net

출판등록 | 제312-2011-000064호 1991. 1. 5.
영업 마케팅부 | 전화 | 02-302-1250, 팩스 | 02-302-1251
ⓒ 김정조, 2022

값 10,000원
잘못된 책은 바꾸어 드립니다
지은이와 협의로 인지는 생략합니다
본 책은 저작자의 지적 재산으로서 무단 전재와 복제를 금합니다.

ISBN 979-11-5629-046-9 03810